TINA LA TORTUGA

Y

CARLOS EL CONEJO

Dorothy Sword Bishop

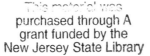

National Textbook Company
a division of NTC/CONTEMPORARY PUBLISHING GROUP
Lincolnwood, Illinois USA

Queridos lectores,

Las fábulas del mundo son cuentos muy viejos, ¡aun más viejos que sus abuelos y bisabuelos! Desde tiempos antiguos, los niños han querido las fábulas.

Algunas veces las fábulas son chistosas y otras veces son serias, pero siempre contienen un mensaje especial. Algunas veces son de animales que se portan como seres humanos. Otras veces son de personas. Pero siempre son muy divertidas.

En los libros de la serie *Fábulas bilingües*, siempre pueden encontrar las fábulas más populares. Y ustedes son dichosos porque pueden gozarlas de dos maneras. Primero las pueden leer en español y luego en inglés. ¡Así ustedes se ríen en dos idiomas! Además, tienen dos oportunidades de divertirse de las ilustraciones dibujadas especialmente para ustedes. También tienen dos oportunidades de adivinar el mensaje.

Ahora, lean la fábula, diviértanse y traten de adivinar el mensaje especial.

Ésta es la historia de una carrera muy famosa entre una tortuga y un conejo.

La tortuga se llama Tina y el conejo se llama Carlos.

Tina y Carlos son amigos.

Pero un día Carlos el conejo se impacienta.
No es amable.

Y le dice a Tina la tortuga: —¿Por qué no corres
y saltas como yo?

4

—Tú caminas tan despacio.

Tina la tortuga está triste.

Luego está un poco enojada.

Tina la tortuga le dice a Carlos el conejo: —Es
verdad, camino despacio, pero vamos a tener una
carrera. Y vamos a ver quién va más rápido.

Carlos el conejo está muy sorprendido.

Carlos el conejo se tira en la tierra y se ríe de la
tortuga. Se ríe y se ríe y grita: —¡Ja, ja, ja!
¡Ja, ja, ja!

—¡Oh, amiguita, tú no puedes correr en una
carrera!— dice Carlos el conejo cuando puede
hablar. Y se ríe otra vez.

—¡Que sí!— dice Tina la tortuga. —Quiero correr
en una carrera contigo.

—Pues, si tú quieres una carrera, tú vas a tener una carrera— dice el conejo.

—Vamos a llamar a nuestro amigo, el zorro. Él puede mirar la carrera.

Los dos, Tina la tortuga y Carlos el conejo, hablan
con el zorro. El zorro los escucha. Está un poco
sorprendido.

15

Pero dice: —Muy bien, amiguitos. Cuando tiro el
pañuelo blanco, corran hasta el árbol grande cerca
del mercado. Está a cinco kilómetros de aquí.

Tina la tortuga y Carlos el conejo están listos.
Miran al zorro. ¡El pañuelo se cae y empieza
la carrera!

Carlos el conejo corre y
salta rápido. Corre y corre.
Salta y corre.

Entonces piensa: —¿Por qué
corro tan rápido? Tina tiene
que correr muy despacio.
Tengo mucho tiempo. Voy a
tomar una siesta.

Tina la tortuga camina y camina y camina lentamente, pero sin parar. Lentamente la tortuga pasa un kilómetro, dos kilómetros,. . .

tres kilómetros,

cuatro kilómetros.

Mientras tanto el conejo duerme. Duerme mucho y no sabe nada.

¡De repente, despierta! Piensa: —¿Dónde estoy?
¿Qué pasa?— Levanta las orejas. Abre los ojos.
Escucha y oye un sonido suave. El conejo se
levanta y mira por todas partes. —¡Ay, ay, ay!
¡Es Tina la tortuga!

Carlos el conejo corre tras Tina la tortuga. Corre
muy rápido. Salta también.

Pero es demasiado tarde.

Tina la tortuga llega a los pies del árbol grande.
¡Gana la carrera!

31

En un momento viene Carlos el conejo. No puede
hablar. Está muy cansado, pero no gana la carrera.

Tina la tortuga sonríe y dice en voz dulce:

—¡Poco a poco se va lejos!

TINA THE TURTLE
AND
CARLOS THE RABBIT

Dear Readers,

The fables of the world are very old stories—even older than your grandparents and great-grandparents! Since ancient times, children have loved fables.

Sometimes the fables are funny and other times they are serious. But they always have a special message. Sometimes they're about animals that act like human beings. Other times they're about people. But they're always amusing.

In the *Bilingual Fables* books, you can always find the most popular fables. And you are lucky because you can enjoy them in two ways. First you can read them in Spanish, and then in English. That way you laugh in two languages! Besides, you have two chances to enjoy the pictures drawn especially for you. You also have two chances to guess the message.

Now, read the fable, have fun, and try to guess the special message.

This is the story of a very famous race between a turtle and a rabbit.

The turtle's name is Tina, and the rabbit's name is Carlos.

Tina and Carlos are friends.

But one day Carlos the rabbit is impatient.
He is not nice.

He says to Tina the turtle, "Why don't you run
and jump like me?"

4

"You walk so slowly."

Tina the turtle is sad.

Then she is a little angry.

Tina the turtle says to Carlos the rabbit, "It's
true, I walk slowly, but let's have a race. And
we'll see who goes faster."

8

Carlos the rabbit is very surprised.

Carlos the rabbit falls on the ground and laughs
at the turtle. He laughs and laughs and shouts,
"Ha, ha, ha! Ha, ha, ha!"

"Oh, little friend, you can't run a race!" says
Carlos the rabbit when he can talk. And he
laughs again.

"Oh, yes, I can," says Tina the turtle.

"I want to run a race with you."

"Well, if you want a race, you are going to have a race," says the rabbit.

"Let's call our friend, the fox. He can
watch the race."

The two, Tina the turtle and Carlos the rabbit,
talk to the fox. The fox listens to them. He is
rather surprised.

But he says, "Very well, little friends. When I drop my white handkerchief, run to the big tree near the market. It is five miles from here."

Tina the turtle and Carlos the rabbit are ready.
They look at the fox. The handkerchief falls and
they begin the race!

Carlos the rabbit runs and
jumps very fast. He runs and
runs. He jumps and runs.

Then he thinks, "Why am I running so fast? Tina has to run very slowly. I have a lot of time. I'm going to take a nap."

Tina the turtle walks, and walks, and walks slowly, but without stopping. Slowly the turtle goes one mile, two miles,...

three miles,

four miles.

Meanwhile the rabbit sleeps. He sleeps soundly and he knows nothing.

Suddenly he wakes up! He thinks, "Where am I? What's happening?" His ears stand up. He opens his eyes. He listens and hears a soft sound. The rabbit gets up and looks all around. "Oh, oh, oh! It is Tina the turtle!"

Carlos the rabbit runs after Tina the turtle. He
runs very fast. He jumps, too.

But it is too late.

Tina the turtle reaches the foot of the tree. She
wins the race!

In a moment Carlos the rabbit arrives. He can't talk. He is very tired, but he doesn't win the race.

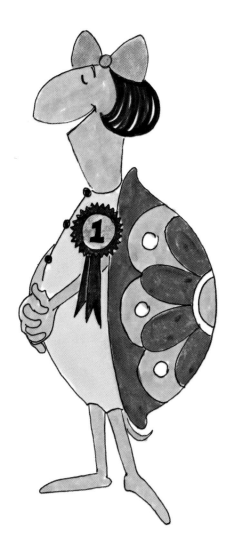

Tina the turtle smiles and says in a gentle voice,
"One goes far little by little!"